Vingt trois ans déjà et
quelle journée !!
Joyeux anniversaire !
Gros bisous.
Mamie.

THE NEW YORKER
L'HUMOUR DES CHATS

THE
NEW YORKER
L'HUMOUR DES CHATS

TRADUCTION ET ADAPTATION
JEAN-LOUP CHIFLET

LES ARÈNES

TEXTE INTÉGRAL

© 2010, Advance Publications Inc.,
pour les illustrations reproduites du *New Yorker*
© 2010, Les Arènes, pour les textes et pour la traduction
et l'adaptation des légendes des dessins ainsi que pour la mise en page
et la conception graphique de l'ouvrage

ISBN 978-2-7578-2544-0
(ISBN 978-2-35204-121-4, 1re publication)

AVANT-PROPOS

Il paraît que l'on ne choisit jamais son chat, mais que c'est plutôt lui qui vous choisit. Je me demande si ce n'est pas ce qui s'est passé avec ce livre dont le sujet s'est imposé à moi malgré mon peu d'enthousiasme atavique pour la gent féline… C'est sans doute à force de vivre avec les dessins du *New Yorker* que je me suis laissé séduire par cette étrange boule de poils qui revient depuis 1925 avec insistance dans ces chefs-d'œuvre d'humour. Des dessinateurs prestigieux partagent en effet cette passion avec, excusez du peu, du Bellay, le docteur Schweitzer, Léon XIII, Colbert, Montesquieu, Dickens, Cocteau, Colette, Céline, Matisse, Léonor Fini et bien d'autres. Autant dire qu'ils sont en bonne compagnie. Voilà aussi pourquoi je me suis invité sur la pointe des pieds dans le cercle des adorateurs des chats en imaginant ce livre.

Au gré de notre sélection de dessins, j'ai cherché à comprendre comment cet animal dit de compagnie pouvait être d'aussi mauvaise (compagnie) pour ceux qui ne les aiment pas. Je voulais savoir pourquoi le chat était à la fois nonchalant et audacieux, gracieux et cruel, délicat et sournois tout en restant parfaitement indifférent au monde qui l'entoure.

Ce qui m'a le plus frappé en parcourant ce siècle de cartoons publiés dans le *New Yorker* à la gloire de l'internationale féline, c'est leur indépendance. Oui, le chat est un animal indépendant pour le meilleur et pour le pire.

Pour le pire : d'aucuns disent qu'il se fiche pas mal de nous, pauvres humains. Une fois son estomac rempli, il fait preuve d'une authentique ingratitude à quatre pattes et passe son temps à roupiller, ronronnant comme un poêle. Heureusement d'ailleurs car lorsqu'il est « en veille » il saccage nos fauteuils, histoire de s'entretenir les griffes tout en ignorant avec superbe d'éventuelles représailles d'un regard tour à tour ébahi et méprisant. Difficile alors de décrypter ses états d'âme à travers son silence pensif.

O. SOGLOW

Contrairement au chien dont il est aussi beaucoup question dans cet ouvrage, le chat ne rapporte que très rarement les objets qu'on lui lance ; il reste sourd à tout sifflement, ne fait jamais le beau, lui, pour obtenir sa pitance et ne vous apporte pas sa laisse pour mendier une promenade autour d'un vulgaire pâté de maisons. Si ce n'est pas de l'indépendance, ça y ressemble bigrement ! Le chat ne considère pas la servilité comme une qualité. Il est un aristocrate anglais, *no complain no explain*, posant sur notre univers un regard détaché et hautain, dont chaque paillette est une énigme.

Face aux désordres et à l'agitation d'un monde sans cesse plus frénétique, le chat a su adopter la voie de la sagesse : celle du retrait, digne des grands maîtres d'Extrême-Orient. « J'ai beaucoup étudié les philosophes et les chats. La sagesse des chats est infiniment supérieure », disait Hippolyte Taine. L'explication, cher Hippolyte, est toute simple : le chat DORT ! C'est très bête (*sic*) mais il fallait y penser. Environ seize heures par jour, excusez du peu, seize heures pendant lesquelles il vous fiche une paix royale en choisissant votre coussin préféré. Pendant ce temps, vous pouvez vaquer à vos occupations sans le moindre problème. Tout au plus, lors d'une scène de ménage ou d'un repas un peu arrosé, daignera-t-il ouvrir une paupière dédaigneuse avant de replonger dans les bras de la Morphée des matous, le corps à l'occasion agité par ses rêves et une course onirique après une souris.

Le reste du temps, le chat ne vous lâchera pas. Même si sa démarche affiche une fausse nonchalance, il ne s'éloignera pas de vous. Il se pose sur le canapé à quelques centimètres de vous, sur vos genoux, votre clavier d'ordinateur, votre puzzle, votre livre ou parfois perché au sommet d'une armoire, pour mieux contrôler la situation, tel un radar animal.

Le Douanier Rousseau a peint des centaines de toiles célébrant des jungles luxuriantes, alors qu'il se contentait de visiter les serres du Jardin des Plantes. Le chat permet le même voyage fantastique. Il est un félin projeté dans votre chambre, un peu guépard, un peu tigre, à la démarche nonchalante et légèrement déhanchée, en tout point semblable à celle des fauves de la savane, sautant du lit au fauteuil, comme une panthère noire sur sa proie.

Au fond, ce que j'aime chez le chat, c'est ce côté « décalé ». Le chat est un superbe ailleurs qui doit doucement rigoler ou plutôt ronronner en observant l'agitation ambiante. Comme quoi l'indépendance ça a du bon. Tout le monde le sait, le chat n'a pas de maître et comme disait Cocteau « on n'a jamais vu de chat policier », ni de garde d'ailleurs. Mais des chats libres, sûrement.

LA PSYCHOLOGIE
DU CHAT

Il a son propre emploi du temps.

*Le fait que le chat ait été un animal sacré
dans l'Égypte ancienne ne m'impressionne pas du tout.*

Quand il était petit, on était très proches,
mais maintenant on est juste amis.

Nous avons essayé de le convaincre de venir,
mais tu sais comment sont les chats.

Avant d'être sous Prozac, il détestait les gens.

*J'ai beaucoup aimé notre conversation
mais si vous n'y voyez pas d'inconvénient,
je vais faire un petit somme.*

Que veux-tu dire par "Miaou" exactement?

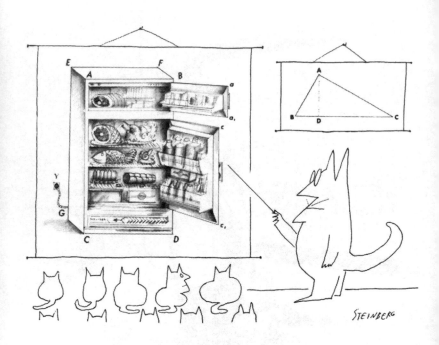

Toi aussi, tu voudrais m'impressionner?
Eh bien, va donc m'acheter une bière au drugstore.

Ne lui parle surtout pas de sa calvitie.

Désolé, mais cela ne fait pas très "chat".

Ne pleure pas, mon bébé.
Tu as quand même gagné un prix !

Écoute, si ce n'est pas moi qui l'ait inscrite
au concours de "Miss Chatte", et si ce n'est pas toi,
peux-tu me dire qui c'est?

Shanahan

QUI RÈGNE VRAIMENT SUR LA VILLE ?

Si je fais trop de petites siestes pendant la journée, après, je dors mal la nuit.

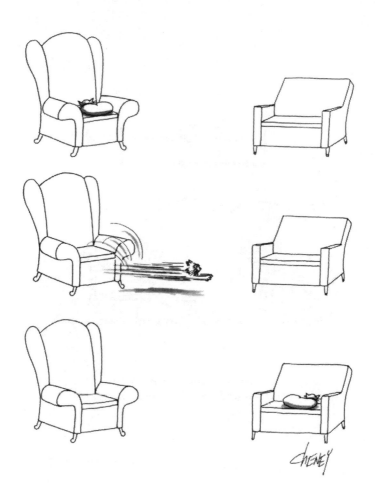

29

C'est fou ce que le temps passe.
On est déjà au milieu de l'année!

Est-ce que ça va ?

ÉDUQUER SON CHAT

Est-ce que vous auriez le même, en chat ?

*Si tu veux savoir la vérité, Jimmy,
nous t'avons trouvé dans une caisse au marché,
avec une pancarte "Chat à donner".*

Je suis sûre d'avoir entendu aboyer.

Viens là, minou, minou, minou, minou, minou.

Ce sont des chatons.

Toutes mes félicitations, Madame Pendergast.
Et à quelle heure sont nés ces petits chatons?

C'est très humiliant.
Tu ne pourrais pas me déposer un peu avant l'école ?

*Ne commence pas à te plaindre
avant d'avoir goûté!*

Tu peux être fier de toi!

*Il sait parfaitement que je ne supporte pas
qu'il ne mange pas.*

Comme nous n'avons plus de pâtée pour chats,
permettez-moi de vous recommander la pâtée pour chiens.

Encore du Ronron?

Je te le répète, ce n'est pas logique...
Un chat ne mangerait jamais avec sa patte gauche !

C'est là que nous sommes vraiment différents.
Toi, tu peux manger de la nourriture pour chat,
mais moi, je ne toucherai jamais à la tienne!

Le mot que tu cherches, c'est "Merci".

Chérie, c'est moi!

Vous pouvez y aller.

Dans quel pétrin tu t'es encore fourré ?

Bienvenue au Kit-Kat Club !

Quand tu m'as dit que tu étais riche,
je ne m'imaginais pas que c'était à ce point!

À qui suis-je en train de parler ?
À moi peut-être ?

Je t'ai déjà dit que tu me faisais de l'ombre.

59

C'est votre femme qui pense que le chat a besoin
d'entendre une voix masculine et autoritaire.

*Je croyais avoir mérité
un tant soit peu de considération de ta part...*

D'habitude, c'est un docteur chat qui s'occupe de moi.

Moi, j'ai voulu sauter de la fenêtre sur le Frigidaire, et toi?

Vous me paraissez tous les deux en parfaite santé.

Si on me cherche, dis que je suis chez le vétérinaire.

Clinique vétérinaire, miaou!

Il faut bien creuser le dos. Comme ça, tu vois ?

Je t'en prie, pas devant l'équipage !

*J'ai deux ou trois autres projets
qui m'excitent aussi beaucoup.*

70

*Il était en pleine ascension,
et puis ils lui ont enlevé ses griffes...*

Il va falloir dégriffer le chat.

Bien qu'on lui ait fait enlever les griffes,
il est toujours aussi insupportable.

Je crois que je vais lui faire ôter ses griffes.

J'ai dû lui faire enlever les griffes, les dents,
les moustaches, les pattes et la queue.

Qu'est-ce que tu voulais que je fasse?
On m'a ôté mes griffes.

LUI APPRENDRE À CHASSER

Il a toujours été fidèle. En plus, c'est un très bon chasseur.

Vous avez réservé ?

Et quelles sont vos références en matière de chasse aux souris ?

Velcro!

S.GROSS

Dis-toi bien que l'ennemi de ton ennemi est ton ami.

*Je sors. Tu as besoin de mulots
ou quelque chose dans le genre?*

*C'est curieux mais je ne trouve pas
que vous ressemblez vraiment
à un psychologue comportementaliste...*

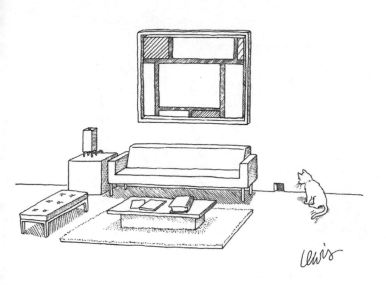

Qui s'est fait livrer des repas?

*Ne vous en faites pas. Le fantasme qui consiste
à vouloir dévorer son psy est parfaitement normal.*

Je lui fais les ongles tous les jeudis.

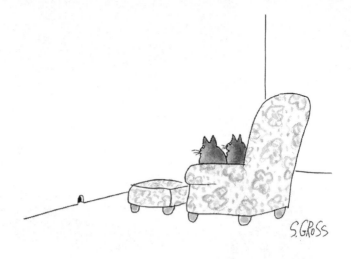

*C'est quand même plus drôle
que de se ruiner en ciné et en restau !*

*Mais réfléchis un peu !
Pourquoi crois-tu qu'il est si gentil avec nous ?*

Qui dois-je annoncer ?

Et si tu la faisais en ratatouille ?

Eddie, tu es vraiment la reine des souris!

*Dis donc? C'était quand la dernière fois
que tu nous as ramené une souris?*

Mais, lis la carte ! Lis la carte !

Allô ? C'est au sujet d'un chat que je viens de vous acheter…

Devine ce qui nous arrive.
On vient juste d'attraper une souris!

Sam est très déterminé.

102   *Comment réagirais-tu si la souris te faisait la même chose, hein?*

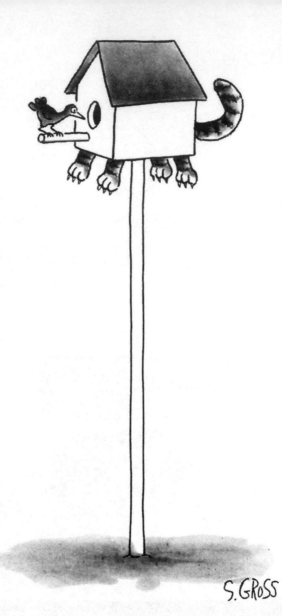

On accuse mon client d'avoir mangé le canari,
mais autant que je sache, ce n'est un crime
ni dans cet État, ni d'ailleurs dans aucun autre État de ce pays.

Attendez ! Qui a pris du canari ?

Le chat n'est pas là ; qu'est-ce qu'on vous joue ?

Quel culot! Je ne suis même pas encore parti...

Eh bien! Quand le chat n'est pas là...

CHIENS
ET CHATS

Je ne me fais pas de souci pour vous.
Vous retomberez toujours sur vos pattes.

Le chien m'a soudoyé!

DOUBLES MIXTES

Viens voir, chérie, Skeeter a appris un nouveau tour de magie.

Tu y vas, ou tu veux que je m'en occupe?

*Est-il besoin de rappeler à nos téléspectateurs
qu'il ne s'agit que d'un essai ?*

Félicia, peux-tu me dire pourquoi on n'arrive pas à s'entendre?

*Tu ne pourrais pas me lâcher un peu
et aller griffer un fauteuil par exemple?*

Voilà ce que je te propose. J'arrête de te courir après si tu acceptes de devenir un chien.

C'est inutile de me faire ces yeux doux...

*D'accord, on a réussi ; mais maintenant,
ce sont les chats qui doivent échouer.*

*Soyons clairs.
Vous n'avez jamais su trouver votre place dans notre groupe.* 123

Qu'est-ce que tu as, à la fin ?

Comme c'est un calendrier de chats,
il n'est peut-être pas très fiable.

Un chat nous a craché dessus!

1

3

2

4

Vous, les chats, vous ne comprendrez jamais l'art de Frank Gehry.

Quand il n'est pas là, c'est moi qui le remplace.

Miaou! Mais surtout ne me citez pas.

(AVANT)   (APRÈS)

Dr. M. J. Pilkington
CHIRURGIEN ESTHÉTIQUE

TEL 1‑800‑NEWFACE

Faut te faire une raison mon pote.
C'est moi et pas toi, l'enfant qu'elle n'a jamais eu.

*Mesdames, Messieurs, ce soir, nous allons enfin découvrir
qui est le meilleur animal de compagnie!*

Mon chat, je le nourris exclusivement de légumes.

Pourquoi tu ne vas pas plutôt déterrer un os ?

Écoute ! Ils te disent : "Couché !", tu te couches ;
"Viens ici !", tu viens.
Où est le problème ?

C'est une tradition chez les chiens :
matin et soir, nous remercions le ciel
de ne pas être des chats.

Vilain chien !

Allô! C'est moi. Je suis encore coincé…

Ingrat!

On dirait que le vent tourne!

Je ne sais pas si tu te rends compte des risques énormes aussi bien personnels que professionnels que je prends en venant te voir.

Nous rions des mêmes choses...

*Non mais je rêve! J'avais enfin réussi à avoir la clé,
et il a fallu que tu miaules!*

141

C'est génétique. Mon père était un chien,
voilà pourquoi je suis un chien…

*J'étais chien dans une vie antérieure,
mais j'ai été réincarné en dieu.*

Regarde ! C'est ça, ton fameux programme intello ?

*C'est vraiment mon meilleur ami et en plus il travaille toute la journée.
Pourrais-tu au moins agiter la queue?*

Figure-toi qu'un jour j'ai embrassé un chat.
C'était très bizarre…

On a déjà dû voir ce programme,
parce que, apparemment, eux l'ont déjà vu.

Un compagnon pour la vie

*Mais quand il arriva, le placard était vide
et le pauvre chien n'eut rien à manger.*

Ton grand-père était un chat magnifique.

Je vois un chat merveilleux
qui va bientôt faire partie de votre vie.

Qui c'est ?

Qu'est devenu le héros de mes lectures d'enfance ?

Ça fait une demi-heure que tu dis que tu vas éteindre !

D'accord, mon chéri. C'est juré. Plus jamais de conserves.

Je vois que vous avez un chat.

Si je comprends bien, si j'étais un chat,
tu m'aimerais ?

*Margot, je pense qu'il est temps
que nous parlions un peu de nous.*

*Un beau matin, ils sont partis se promener
et c'est la dernière fois que je les ai vus.*

On se dispute comme… bref, on se dispute.

À propos, j'ai commandé un chat.

Acceptez-vous, Edmond et King,
Suzanne et Fluffy, de prendre…

*Je te signale que ton chat est en train
de pénétrer dans ma zone d'influence.*

*Samantha est à Harry, mais Homère est à moi.
Il vient d'un précédent mariage.*

On était plutôt "chiens" quand on s'est rencontrés

Qu'est-ce qui a bien pu se passer ?

Et puis un jour il m'a dit : "C'est moi ou ce foutu chat !"

Tu adores avoir beaucoup de chats… Pas moi.

*Comme nous n'avions pas d'enfants, mon ex passait
son temps à monter les chats contre moi!*

Les Grayson sont en vacances en Europe.
Je suis la jeune fille au pair.

Voyez-vous, le vrai sens de la vie, ce sont les chats !

Tout le monde de retour à deux heures !

Nous avons quatorze chats,
mais Kevin pense que nous n'en avons que douze.

Malheureusement, nous allons le garder pour la nuit.
Voulez-vous que je vous en prête un en remplacement ?

*En fait, les enfants ne sont que de simples substituts pour
des adultes qui n'ont pas d'animaux de compagnie.*

Celui-là, c'est le chat personnel de Marvin.

*Edgar, va immédiatement au supermarché chercher du lard
et de quoi nourrir les chats. Pas de thon, de poulet, de foie en boîte
ou de cochonnerie de ce genre, s'il te plaît. Trouve-leur une surprise.
Les minous adorent les surprises.*

*Maintenant que tu as un petit ami, tu ne crois pas
que tu pourrais te séparer d'un ou de deux chats?*

*Si on n'arrive pas à leur faire accepter
cette proposition, on leur montrera les chatons.
Tout le monde adore les chatons.*

*Ah, les chats! Difficile de vivre avec eux et,
en même temps, on ne peut pas s'en passer…*

Tu as vu ça ?
Wilma Kooney est morte étouffée par des poils de chat.

Laisse-moi te dire un truc. Dans ce livre, il y a tout :
du sexe, une intrigue et des chats.

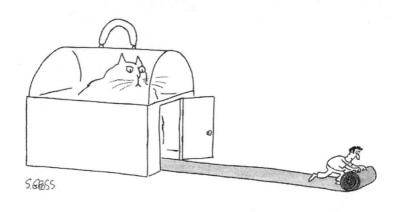

*Chéri, je ne veux rien te cacher, tu sais. Alors il faut que je te dise :
je fais collection de photos de chats.*

Dolly, je te présente Gregory Strong, l'auteur de
"L'Histoire mondiale des chats". Tu imagines un peu?

Je veux que tout le monde s'en aille, sauf le chat !

Désolée, cette chaloupe, c'est celle des propriétaires de chats.
Celle des chiens est là-bas.

En fait, vous n'aimiez pas vraiment la victime, mais vous feigniez une affection de façade dans le seul but d'obtenir votre boîte de thon, n'est-ce pas ?

Avant de vous lire les dernières volontés de Mlle Simpkin, laissez-moi vous dire que vous êtes un sacré veinard !

Pardonnez-moi d'interrompre l'adagio,
mais Mme Patterson me fait savoir que le chat est décédé.

On me dit que vos chats se portent bien.

Vous n'avez pas à culpabiliser, croyez-moi.
Vous avez bien mérité la fortune qu'elle vous a léguée
en la rendant très heureuse quand elle était en vie.

INDEX DES ARTISTES

RÉALISATION : PAO ÉDITIONS DU SEUIL
IMPRESSION : NORMANDIE ROTO IMPRESSION S.A.S. À LONRAI
DÉPÔT LÉGAL : NOVEMBRE 2012. N° 105918 (123053)
Imprimé en France